CATALOGUE D'ESTAMPES

ANCIENNES & MODERNES

ÉCOLES ALLEMANDE, ITALIENNE

PORTRAITS

ÉCOLES ANGLAISE ET FRANÇAISE

DES XVIIe, XVIIIe ET XIXe SIÈCLE

ET PIÈCES EN COULEUR

Formant le Cabinet de M. V. B. L.

DONT LA VENTE AUX ENCHÈRES PUBLIQUES AURA LIEU

HOTEL DES COMMISSAIRES-PRISEURS

Rue Drouot, n° 5

SALLE N° 4, AU 1er ÉTAGE

Les Vendredi 21 et Samedi 22 Février 1862, à une heure précise.

Par le ministère de Me **DELBERGUE-CORMONT**, Cre-Priseur,
rue de Provence, 8,

Assisté de M. **VIGNÈRES**, marchand d'Estampes,
rue de la Monnaie, 13, à l'entresol, entrée rue Baillet, 1,

Chez lequel se distribue le Catalogue.

EXPOSITION PUBLIQUE

Le Jeudi 20 Février, de une heure à quatre heures.

PARIS — 1862

ORDRE DES VACATIONS

L'ordre du Catalogue sera suivi.

On commencera à 1 heure précise.

1re Vacation : Vendredi 21 février, — de 1 à 200.
2e Vacation : Samedi 22 février, — de 201 à 400.

CONDITIONS DE LA VENTE

Les lots ne formant pas suite complète pourront être divisés.

Au comptant.

Cinq pour cent en plus des enchères applicables aux frais.

M. VIGNÈRES, faisant la vente, se charge des commissions.

NOTA. Toute commission sans prix fixé ou sans limite déterminée sera regardée comme nulle.

M. VIGNÈRES se charge de faire marquer les prix aux Catalogues des ventes qu'il a faites. Les amateurs qui le désirent peuvent s'adresser à lui *franco*.

Plusieurs Amateurs éloignés en ont reconnu l'utilité pour les guider dans leurs achats sur les valeurs des Estampes, et complètent ainsi le besoin de renseignements vrais, que ne peuvent faire les tristes et insignifiants compte-rendus de certains journaux soit-disant d'arts, qui induisent en erreur ceux qui ne peuvent voir eux-mêmes.

Les Catalogues des ventes seront envoyés aux personnes qui en feront la demande.

(Toute lettre non affranchie ne sera pas reçue).

PORTRAITS EN BISTRE

Collection de Portraits inédits ou rares de Personnages célèbres

REPRODUITS NOUVELLEMENT PAR LA GRAVURE

Publiés par VIGNÈRES, marchand d'Estampes

Rue de la Monnaie, 13, à l'entresol, entrée rue Baillet, 1.

Albany (Louise-Max. de Stolberg, comtesse d'),	Gravée par Varin.
Amoros, colonel, fondateur de la gymnastique en France,	id.
Argout (Antoine-Maurice-Apollinaire, comte d'),	J. Porreau.
Babeuf (F.-N.-Gracchus), journaliste,	id.
Barère (Bertrand), de Vieuzac, conventionnel,	id.
Beauharnais (comtesse Stéphanie de), poëte, romancière,	Sisco.
Berruyer, général, commandant des Invalides,	J. Porreau.
Bertrand de Molleville, marquis, ministre, littérateur,	id.
Bievre (marquis de), célèbre auteur de calembours,	id.
Blanchard (Madeleine-Sophie-**Armand**, Madame), aéronaute,	id.
Bonjour (Casimir), auteur dramatique.	id.
Borghèse (Camille Philippe Louis), prince.	id.
Bossut (Charles), mathématicien,	id.
Brazier (Nicolas), auteur dramatique, d'après Marlet.	id.
Brissot (J.-P.), de Varville, conventionnel,	id.
Canclaux (J.-B. Camille, comte de), général, pair,	id.
Cayla (comtesse de), née Talon, d'après le baron Gérard,	Massard.
Clouet dit **Janet** (François), peintre de portraits,	J. Porreau.
Cochon, comte de l'**Apparent**, conventionnel, ministre,	id.
Debureau, acteur des Funambules, Pierrot,	id.
De Fermont (comte), député, conseiller d'État,	id.
Devienne, actrice, Théâtre Français,	Normand.
Donadieu, baron, général de division,	J. Porreau.
Dorat-Cubières Palmezeaux, poëte, auteur dramat.	id.
Droz (Joseph), littérateur, académicien,	id.
Duchesne aîné, conservateur du cabinet des estampes,	id.
Ducos (Roger). avocat, constitut., 3e consul provisoire,	id.
Elie de Beaumont, avocat au Parlement de Paris,	Devritz.
Empis (Adolphe), auteur dramatique,	J. Porreau.
Epagny (d'), poëte dramatique,	id.
Fabre de l'Aude (comte), député, pair, littérateur,	id.
Fievée (J.), littérateur, auteur dramatique,	id.
Fréron (Louis-Stanislas), conventionnel,	id
Frochot, comte, préfet, député,	id.
Garnerin (A.-J.), inventeur du parachute,	id.
Garnerin (Élisa), aéronaute,	id.
Gaudin, duc de Gaëte, ministre des finances,	id.
Genlis (A. Brulard, comte de) cap. des gardes, convent.,	id.
Geoffroy (J.-L.), critique, journaliste,	id.

Godoi (don Manuel), prince de la Paix, Varin
Gouffé (Armand), chansonnier, vaudevilliste, J. Porreau.
Guimard (Mademoiselle), danseuse, id.
Jouffroy (Théodore-Simon), professeur, académicien, id.
Jousselin de Lasalle, homme de lettres, id.
Kant (Emmanuel), philosophe allemand, Bracquemond.
Lainé (J.-H., vicomte), ministre et académicien, J. Porreau.
Lamballe (princesse de), dess. d'ap. nature par Gabriel. id.
Lasource (M.-David-Albin de), député du Tarn, id.
Lavallière (L.-F. de la Baume, duchesse de), id.
Lucotte (Edme-Aimé), lieut.-général, comte, né à Dijon, id.
Marat, à la tribune, dess. d'après nature par Gabriel. id.
Martin (Louis-Aimé), littérateur, id.
Mazères (Édouard), auteur dramatique, id.
Mesmer, auteur du magnétisme animal, id.
Mezerai, actrice, Théâtre-Français, Normand.
Orléans, duc de Montpensier (Ant.-Philippe d'), 1773-1807. J. Porreau.
Persuis (L. Loiseau de), musicien, d'ap. Pierre Guérin, id.
Petiet (Claude), député, ministre de la guerre, id.
Philidor (André Danican), musicien, auteur du jeu d'échecs, id.
Pilon (Germain), sculpteur, 1550, id.
Pixerécourt (Guilbert de), fac-simile, d'après J. Boilly, in-4. id.
Pongerville (Samson de), académicien, id.
Pontus de la Gardie, général en Suède, id.
Ramel-Nogaret, Ministre des finances, préfet, id.
Reveillère-Lepaux, botaniste, théophilanthrope, id.
Robert-Lindet, député, conventionnel, ministre, id.
Romme (Gilbert), conventionnel, id.
Rouget de L'Isle, auteur de *la Marseillaise*, musicien. Varin.
Saint-Hurege (marquis de), J. Porreau.
Saint-Prix, acteur, Comédie-Française, id.
Saint-Simon (Claude-H., comte de), philosophe, Perrot.
Silvain Maréchal, poète et littérateur, Devritz.
Tallien (Madame), née Cabarus, d'après le baron Gérard, Massard.
Treilhard (J. B., comte), député, ministre, etc., J. Porreau.
Tronson du Coudray, avocat, du Conseil des Anciens. id.
Vadier (A.), député aux États-Généraux, id.
Vatout (J.), poète, académicien, bibliothécaire, Varin.
Vigée (L.-G.-B.-E.), poète et auteur dramatique, J. Porreau.
Cartouche (Louis-Dominique), fameux voleur. Lallemand.
Mandrin (Louis), fameux contrebandier, Delaistre.

Chaque portrait pouvant entrer dans un in-8 est tiré in-4.
Avec la lettre, papier blanc, 1 fr.; papier de Chine, 1 fr. 25 c.
Avant la lettre, papier blanc, 1 fr. 50 c.; papier de Chine, 2 fr.
Dont il n'est tiré que 20 épr. blanc et 5 Chine.

Afin de faciliter les recherches des amateurs de portraits, soit pour les illustrations, soit pour les collections d'autographes ou autres, *deux Catalogues détaillés* de quelques collections de portraits qui peuvent se trouver chez moi, classés par ordre alphabétique, sera remis aux personnes qui en feront la demande affranchie.

Paris. — Imprimerie Renou et Maulde, rue de Rivoli, 144. 9154

Produit total de la Vente	1747	50
5 % des acquereurs ajoutés	87	40
Depenses et Frais — Total	1834	90

Affiches et affichage	21	
Moniteur des Ventes le Gratis	24	30
Declaration de Vente	1	70
Timbre du proces verbal	8	75
Enregistrement	40	90
Bourse Commune	55	20
Honoraires Delbergue Cormont	55	20
Clerc et Crieur 2 jours	24	
Commissionnaire 3 jours 15 et Gratification 17	32	
Location de la Salle	107	10
Catalogue a 600 Ex.	177	..
Honoraires Vigneres	91	70
95 af. de Poste et distrib. du Catal.	22	30
Transport a l'Hotel	4	50
8 mains et ½ de papier Chemise	10	75
Reclame Moniteur universel	14	
annonce Moniteur des arts	8	
	693	40

Lecomte, 3

[illegible] 7

M. 25

[illegible] 4

ESTAMPES ANCIENNES

ÉCOLES ALLEMANDE ET ITALIENNE

1 **Antiques**. Statues et bas-reliefs, 15 p.
— Pierres gravées antiques, 42 p. Tirées de la galerie de Florence.

2 **Aldegrever**. Les danseurs de noces, Mars, etc. 5 p.

3 — Combat, Loth, Suzanne, etc. 10 p.

4 **Amman** (J.). Conseil de seigneurs, plusieurs Polonais sont au fond. Paysage ovale avec ornements dans les coins; eau forte; a été déchirée en la décolant : il n'y manque rien.

5 **Beham**. La Fête de Village, d'après Th. de Bry. Très-belle ép.

6 **Beham** (H.-S.) La Fortune, 1541. Belle ép.

7 — Hercule et Cerbère, le Christ tenant l'Hostie, etc. 7 p.

8 **Boons** (d'ap. V.) Seigneurs à table, dont un veut tuer un pauvre pêcheur à genoux. Très-belle ép.

9 **Bos** (J.). Tentation de saint Antoine. Grande ép. très-drolatique, genre Breughel.

10 **Bruyn** (N. de). Le Paradis, le Jardin d'Amour, le Bois de la Vieillesse. 3 gr. et belles ép.

11 — Le Calvaire. Superbe ép. — La rencontre d'Abigaïl. — La Fête villageoise. 3 gr. et belles p.

12 — L'Ane de Balaam, le Centenier, Jésus prêchant le peuple, grande Fête dans un Parc. 7 gr. et belles p.

13 **Bry** (Th. de). L'Age d'Or. Jolie p. en rond.

14 — Marche de munitions d'armée. Superbe ép. en forme de frise, avec beaux costumes militaires.

15 **Chodowiecki**. Vignettes pour divers ouvrages, par et d'après lui. 74 p.

16 **Cock** *excudit* (H.). Lippen loer, la Famille sale, pièce drolatique. Très-belle ép.

17 — Le Paradis, Purgatoire et Enfer, représentés par un tableau à trois compartiments.

18 **Cirro Ferri** (d'ap.). Plafond en 7 morceaux.

19 **Durer** (A.). Adam et Eve, et copies de compositions sur cuivre. 13 p.

20 — Vie de la Vierge et autres, par et d'ap. 15 p. en bois.

21 **Dusart** (C.). Le Violon assis. Belle ép.

22 **Eland** (H.). Le Repos à la porte du Maréchal. Belle eau-forte.

23 **Floris** (d'ap. Franc). Les Travaux d'Hercule. 11 p.

24 **Folin** (Barth.) Les trois Grâces soutenant une corbeille de fleurs, d'ap. Dominiquin.

25 **Fyt**. Les deux Chiens accouplés.

26 **Ghisi** (G.). Hercule au repos dans un paysage. Belle ép.

27 **Ghisi** (les). Hercule. — Continance de Scipion. Vénus et Vulcain. — Sacrifice à Jupiter. 4 p.

28 **Goltzius**. Annonciation. — Adoration des Mages. Cérès adorée. 3 p. des chefs-d'œuvre.

…ontant 15
…ranchois 6

Lecaucha 5

[illegible]

Labrouste 6 50

Labrouste .2 25

29 — Diverses compositions, par et d'ap. lui. 45 p. Pourra être divisé.

30 **Hollar.** Les quatre Saisons. 4 Paysages avec un nombre infini de petites figures.

31 **Hondius.** Paysage de grande étendue. Sup. ép.

32 **Hopfer.** Haiden, groupe de trois Orientaux. — Le Satyre, par J. Hopfer. 2 p.

33 **Labelle.** Divers Embarquements, Têtes, les Éléments, et Pace et Bello. 45 p.

34 **Lairesse** (G. de). Riches compositions à l'eau forte. 20 p.

35 **Londonio.** Scènes de Pasteurs 8 p. à l'eau-forte.

36 **Luchese** (Michel). 1564. L'Asinaria, pièce curieuse. Belle ép.

37 **Luyken** (J.), etc. Vignettes pour la Bible et autres ouvrages. 73 p.

38 — Scènes de la Bible in-f°. 8 p.

39 **Matham.** D'ap. Goltzius. Les Sept Péchés capitaux en pied dans des niches. 7 p.

40 **Metzu** (d'ap.) Le Marché aux Herbes d'Amsterdam.

41 **Mitelli.** Baptême du Christ, Crucifiement, Mise au Tombeau, Assomption, etc. 6 p.

42 **Muller.** Adoration des Bergers, Festin de Balthazar, Persée armée par Pallas, Harpocrates, etc. 5 p.

43 — Création du Monde, création d'Ève. 2 p. en rond, très-belles.

44 **Ostade** (d'ap.) Composition de Fumeurs, etc. 8 p. par Beauvarlet, Suyderhorf, etc.

45 **Palmerius**. L'Amour maternel. — L'Occupation champêtre. 2 p. en bistre, toute marge.

46 **Paviny** (Onuphre). Les Triomphes. 12 frises.

47 **Pencz** (G.). Tobie, Joseph, Triomphe de l'Amour. 6 p.

48 **Pesarese**. Le *Quos ego*. Belle ép.

49 **Pinelli** (B.). Don Quichotte. 40 p. au trait. In-f°.

50 **Raphaël** (d'ap.) Les Loges du Vatican. 34 p.

51 **Rembrandt**. La Mort de la Vierge, et diverses copies, Descente de Croix, et d'ap. 10 p.

52 **Ribera**. Saint Jérôme entendant l'Ange qui sonne de la trompette. — Son portrait, son martyre. 3 p. par et d'après.

53 **Rubens** (d'ap.). Les Pères de l'Église, Mars et Vénus, Chute des Anges, Massacre des Innocents, etc. 20 p.

54 **Ruysdael** (d'ap.). Paysages par divers. 4 p.

55 **Ruyter** (N. de). 1688. Le Bain de Diane. Rare.

56 **Sadeler**. Les 12 Césars et leurs Épouses. 24 p. et titre in-f°.

57 **Schmuzer**. Le Goûté flamand, d'ap. Tilborgh. Très-belle ép., grande marge.

58 **Solis** (Virgile). Chasses en frises. 8 p.

59 **Stradan** (d'ap.). Chasses et Métiers. 24 p.

60 **Suyderhoef**. Les trois vieilles Buveuses, la Danse au Cabaret. 2. p.

61 **Swanenburck**. Grande Fête de Village, d'ap. V. Boons. Très-belle ép. grand in-f°.

62 **Swanevelt** (H.). Paysages à l'eau forte. 57 p.

63 **Teniers** (d'ap.). Sorcières, Fêtes, Sujets flamands. 14 p.

manch 3 50

helippos 15

dâbrouste ĵ 50

Philippat 4

64 **Trautmann**. Résurrection de Lazare. Pièce rare.

65 **Triva** (Ant.). Repos de la sainte-Famille. Belle eau-forte.

66 **Velde** (d'ap. V. de). Promenade du prince d'Orange, Source salutaire au Voyageur, etc. 4 p.

67 **Vendramini**. Siége et prise de Seringapatam. 3 p. grand in-f°.

68 **Vischer**. Les Musiciens, d'ap. Ostade; les Patineurs, Bohémienne, etc. 5. p.

69 **Vliet** (Van). 1635. Costumes d'hommes et femmes. 14 p.

70 **Weirotter**. Paysages à l'eau-forte. 21 p.

71 **Wouvermans** (d'ap.). Diverses compositions. 20 p.

72 **Wyngaerde** (F.-V.). Fuite de la sainte Famille, des Anges apportent des fruits à Jésus, d'ap. Jean Thomas.

73 *Fac simile* de dessins, d'ap. divers. 11. p.

PORTRAITS

74 **Aubert**. Sourd-Muet, Napoléon-le-Grand, Soleil rayonnant. Le masque est d'après Prudhon.

75 **Audouin**. Louis XVIII en pied, en manteau royal.

76 **Balechou**. Charles Rollin assis, presque en pied. Grand in-f°, d'ap. Coypel. Belle ép.

77 **Boilet**. Michel de l'Hôpital, chancelier. Ovale. Petit in-f°.

78 **Calamatta.** M. Thevenin, ex-conservateur du Cabinet des Estampes. In-4°. Très-rare.

79 **Caldwal.** MM. Siddons et son fils, rôle d'Isabelle. Très-belle ép. Grand in-f°, d'ap. Hamilton.

80 **Carmontelle** (d'ap.). Pas de deux, par M. Dauberval et Mlle Allard, par Tilliard.

81 **Cathelin.** Jeliotte à mi-corps, tenant une lyre. Magnifique ép. in-f°. Avant toute lettre. Marge.

82 — Étienne-Franç. Turgot, d'ap. Drouais. Superbe ép. in-f°. Marge.

83 **Chereau.** Le duc d'Antin. In-f°, d'ap. Rigaud.

84 — Largillière, peintre. In-f°, d'ap. lui-même.

85 — J.-B.-L. Picon. In-f°, d'ap. Rigaud.

86 **Daullé.** Lemercier, imprimeur, d'ap. Vanloo. In-f°.

87 — M. Nestier, à cheval. In-f°, d'ap. Delarue. — Le même, dirigé à gauche et plus petit. 2 p.

88 **Delaunay.** Et.-Franç., duc de Choiseul, ministre, etc. In-4°, d'après Vanloo. Très-belle ép. Grande marge.

89 **Drevet.** Samuel Bernard. In-f°, d'ap. Rigaud, 1er état. — Le même, 2e état, avec conseiller d'État. 2 p.

90 — Boileau Despréaux. In-f°, d'ap. Rigaud. Belle ép.

91 — Fr.-L. de Bourbon-Conti, en pied. Grand in-f°, d'ap. Rigaud.

92 — Léonard Delamet, théologien. In-f°, d'ap. Rigaud.

93 — Cardinal Dubois. In-f°, d'ap. Rigaud. Marge.

[illegible] Del'Ea 70.

Cluseret 5 [illegible] a Vitry le françois [illegible]

Cluseret 5

[illegible] 5

[illegible] 5 Labrousse 5

[illegible]

[illegible] 4

[illegible]

94 — Marie de Neufchâtel, duchesse de Nemours. In-f°, d'ap. Rigaud.

95 — Henri Oswald, cardinal d'Auvergne. In-f°, d'ap. Rigaud.

96 — Antoine Portail, présid. In-f°, d'ap. Tournière.

97 **Duflos.** Charles V, Condé, Morus, etc. 9 portr. en pied.

98 **Duflos** (Cl.). Michel de Chamillard, né en 1689. In-8°. Toute marge.

99 **Edelinck** (G.). Ch. Lebrun, peintre. In-f°, d'ap. Largillière.

100 — Mouton, célèbre joueur de luth, d'ap. de Troy. — Poisson d'après Netcher. — Saint Louis à genoux, d'ap. Lebrun. 3 p. in-f°.

101 **Facius.** Famille de B. West. Grand in-fol.

102 **Fessart.** M. de Lavrillière, médaillon soutenu par des figures allégoriques. In-fol. d'après Achard.

103 **Flipart.** Allégorie sur le mariage du Dauphin. In-fol. d'après M. Ange Slodtz.

104 **Gaillard.** H. L. J. B. Bertin, ministre, d'après Roslin. In-fol.

105 **Geniole.** Homme marchant entre deux chiens. Lithog. — Portrait de femme avant et avec la lettre, gravé par Girard, etc. 4 p.

106 **Guntz.** Arthur Goodwin, en pied. In-fol. d'ap. Vandyck.

107 **Hollar.** Bustes d'homme et de femme, d'après Holbein. 2 belles épr.

108 **Huret.** Richelieu, médaillon soutenu par la Charité. 1er état avant les armoiries.

109 **Ingouf** (jeune). Gérard Dow jouant du violon.

110 **Joullain**. Aymon Ier, d'après Coypel. Petit in-folio. Très-belle épr.

111 **Kruger**. 1615. Saint-Jean, apôtre. Très-belle épreuve.

112 **Lepicié**. Claude Caperonnier, théologien. In-fol., d'ap. Aved. Très-belle épr.

113 **Lingée**. Mlle Raucourt, d'ap. Freudeberg, avec scène au bas. In-fol.

114 **Mariage**. 1784. F. M. de Laurencin, abbé de Foucarmont. In-fol. Très-rare.

115 **Massard**. Henri IV et sa femme ; c'est le deuxième état transformé des portraits de Charles Ier et sa femme.

116 **Matham**. Joost Vande Vondel.

117 **Nanteuil**. Melchior de Gillier, maître d'hôtel.

118 **Parrocel**. (d'ap.) M. de Kraut. — Marquis de La Ferté. — Comte de Saint-Aignan. — Charles de Nassau. — L'épaule en dedans. Cinq portraits équestres.

119 **Perrin** (A.). Docteur Récamier sur son lit de mort. Eau-forte *très-rare*. Très-belle.

120 **Poilly**. D'ap. Mignard. Lamoignon, médaillon offert à la France par la Justice et la Religion. Haut de thèse.

121 **Reynolds** (d'ap.). Ch. Spencer, duc de Marlborough. Petit in-fol., par Houston, manière noire.

122 **Sadeler**. Sig. Feyrabendius Bibliopolas. In-4.

123 **Saint-Aubin**. Le Kain dans Zaïre. In-fol. d'ap. Lenoir. Très-belle épr. Marge.

sseres 3.
[illegible]

Cambinetdévier les act

124 **Schmidt**. Tubières de Caylus, évêque d'Auxerre. In-fol.

125 **Smith**. Lady Elisabeth Cromwel. — W. duc de Glocester, 2 portraits. Petit in-fol d'ap. Kneller.

126 — Georges, prince de Wales, d'après Gainsborough. In-fol.

127 — Lieutenant-colonel Tarleton, d'ap. J. Reynolds. In-fol.

128 **Travies**. Portrait en pied avec dédicace à Geniole, signée. — L'Avenir colorié. 2 p. lithog.

129 **Trouvain**. Louis-le-Grand, — Monsieur, — G. H. de Nassau, — Georges de Danemarck. 4 portraits en pied. Petit in-folio. Très-beaux.

130 **Van Dyck** (d'ap.). Lamen. — Mansfeld. — Rogiers. — Urfé. — Voerst. etc. — 6 port.

131 — Charles Ier. — Mireveld. — Anna Wake. — Ernestine de Ligne. — Marie-Claire de Croy, etc. 14 p.

132 **Vangelisty**. Cl.-Marc-Antoine d'Apchon, archevêque d'Auch. In-fol. D'ap. Tischbein.

133 **Verkolje**. Marie d'Angleterre. In-fol.

134 **Vermeulen**. L. U. Lefèvre de Caumartin. Petit in-fol. D'ap. de Troy.

135 **Wille**. Elis. de Gouy, femme de Rigaud. In-fol.

136 — Louis XV à cheval, d'ap Parrocel. In-fol.

137 **Portraits** divers. In-8 et in-fol. Artistes, acteurs, femmes, littérateurs, ecclésiastiques, députés et généraux, Louis XV, Louis XVI, Marie-Antoinette, etc., environ 200, formant plusieurs lots.

138 **Caricatures** diverses sur les Anglais, etc., 26 p.

139 Extinction de la Société des Jesuites, leur expulsion, leur arrivée à Rome, etc., 4 p.

140 Aérostat Le Suffren, enlevé à Nantes, en 1784. — Expérience de MM. Robert frères, à Paris. 1784. Colorié. 2 p.

141 Plans et vues de Paris, de Silvestre, Perelle, etc., 23 p.

ÉCOLES ANGLAISE & FRANÇAISE

XVIIe, XVIIIe ET XIXe SIÈCLES

142 **Anonyme.** Orage causé par l'impôt sur le thé en Amérique.

143 — Illumination d'un château royal avec voitures et grand nombresde figures ; règne de Louis XV. Très-grand in-fol. Eau-forte pure.

144 — Projets de pyramides dans la cour du Louvre et devant le collége Mazarin. 2 p. grand in-fol.

145 — Haut de thèse. Louis XIV ordonnant à la France de combattre la coalition. Grand in-fol.

146 **Anonyme**. L'instant de la gaîté, — la Perte irréparable, la Réflexion tardive, la Chambrière instruite. 4 p. in-4. Toute marge.

147 — Les Ramiers, scène pastorale. In-4. Sup. ép. toute marge.

148 **Allou** (d'ap.). Jolie Guitariste, gravé par Desplaces.

149 **Aubry** (d'ap.). Les Adieux de la nourrice, par Delaunay.

Olivier 1

Herluin 6

150 **Avril**. Combat des Horaces et Curiaces. — Lycurgue magnanimité. 2 p. grand in-fol. Toute marge.

151 **Baudoin** (d'ap.). Les fruits de l'amour secret, par Voyez Junior. Très-belle épreuve. Marge.

152 **Beauvarlet**. D'ap. Rottenhamer. Actéon métamorphosé en cerf.

153 — La double surprise, d'ap. Gérard Dow.

154 — Les chevaliers danois séduits par les nymphes d'Armide, d'ap. Lagrenée. Superbe ép. Toute marge.

155 — La même ép., avant toute lettre. Toute marge.

156 **Bellay**. Le tombereau, avec deux chevaux. Sup. ép. Papier de Chine volant.

157 **Berain**. Costumes très-riches pour les ballets de la cour. A l'eau forte, au trait. 20 p. Rares.

158 **Blanchard**. Le sérail parisien ou le bon ton en 1802, Pièce en bistre, curieuse pour les costumes et mœurs de l'époque.

159 **Boilly** (d'ap). La jardinière. — L'Attention. 2 jolis costumes par Tresca. Toute marge.

160 — L'amant favorisé. — Le sommeil de l'Inncence. 2 p.

161 **Boissieu.** Paysages, études par et d'après. 29 p.

162 **Bonnart**. Costumes de dames, les mois de l'année. 7 p.

163 **Bosse** (A.). Le peintre. — Retour de l'enfant prodigue. — La vieillesse. — Les vierges sages. Mort de Lazare. 5 p.

164 — La Pucelle ou la France délivrée, de Chapelain. 12 p. Petit fol., d'ap. Vignon.

165 **Bouchardon** (d'ap.). Sacrifice à Cérès, Lupercales, Triomphe de Bacchus, etc., 5 p. — Passetemps de soldat, etc., d'ap. Bourdon. 7 p.

166 **Boucher** (d'ap.). Le matin. — Le midi. — Le soir. — 3 p., par Petit.

167 — La Toilette pastorale, Les Confidences pastorales. 2 p., par C. Duflos. Sup. ép. Toute marge.

168 — Les Amours pastorales, 3 compositions différentes, par Cl. Duflos. Superbes ép. Toute marge.

169 — Vénus se préparant au jugement de Pâris, par de Lorraine. — Les amants surpris, par Gaillard. 2 p.

170 — L'Enlèvement d'Europe, par Cl. Duflos. Sup. ép. Toute marge.

171 — Les Amusements de l'hiver, par Daullé, — La Danse du chien savant, avant la lettre. 2 p.

172 — Paysage octogone, par S. Non.

173 — Compositions, pastorales, enfants, etc. 20 p.

174 **Boulogne** (d'ap.). Actéon métamorphosé en cerf. Jolie pièce. par Sornique.

175 — L'air, Junon ordonnant à Eole de laisser sortir les vents, par Dupuis, 1718. In-fol.

176 **Bourdon** (Seb.). Les sept œuvres de miséricorde. 7 p. in-fol. Toute marge.

177 **Brebiette.** Frises, Bacchanales. 12 p.

178 **Berthault.** Vue perspective de la place Louis XV et du pont Louis XVI, d'ap. Perronet.

179 — Vue intérieure de Paris du Pont-Royal, regardant le Pond-Neuf. — Port Saint-Paul, quai des ormes et bureau des coches d'eau. 2 p.

180 **Callot.** Les deux tours de Nesle et du Louvre.

Philippot 2 [illegible]

[illegible] 4. [illegible]

[illegible]

[illegible]

181 — Costumes, gueux, bohémiens, fêtes, etc., 255 p. par et daprès. Pourra être divisé.

182 — Le siége de Breda, en 6 feuilles.

183 **Caresme** (d'ap.). La joyeuse orgie, par Hemery.

184 — Le philosophe charitable, par Voyez l'aîné.

185 **Challe** (d'ap.). Le Bat, le Cuvier, le Méridien, Emile vainqueur à la course, l'Elisée, le Rocher de Meillerie, le premier Baiser de l'amour. 7 p.

186 **Chataignier.** Père et ses enfants au tombeau de leur mère.

187 **Chardin** (d'après) La Ratisseuse, le Négligé, la Pourvoieuse, la Gouvernante. 4 p.

188 **Chateau.** Le Printemps. l'Été, l'Automne. 3 p.

189 **Chaudet** (d'ap.). Femme et son chien à la porte d'une prison. par Duval. Ep. avant la lettre.

190 **Chevalier** (A.). 1771. Charges à l'eau-forte. 30 p. sur 5 feuilles.

191 **Chevallier** (N.). 2 feuilles grand in-fol. du cabinet de Girardon, sculptures antiques et modernes.

192 **Chevillet.** L'amour maternel. d'ap. Peters.

193 — La Santé portée, d'ap. Terburg. Belle. Marge.

194 **Clermont.** L'Ecole de l'amour, par Leveau. Très-belle ép. Marge.

195 **Cochin.** Pompes funèbres de la reine de Sardaigne à Notre-Dame, 1735, — de Marie-Thérèse, dauphine, à St-Denis, 1746, — de Philippe de France, roi d'Espagne, à Notre-Dame, 1746. — Décoration pour le feu d'artifice pour le mariage de Madame Louise, 1739. 4 p. grand in-fol.

196 **Cochin** (d'après). La Fontaine enchantée. — Groupe d'amours pour titre du plan de la ville de Reims. 2 p.

197 — Vingt-une vignettes surmontées de portraits des rois de France.

198 — Vingt vignettes pour Roland furieux. Toute marge.

199 — Dix-sept vignettes pour J.-J. Rousseau et autres.

200 **Copia**. Le maréchal-ferrant, d'ap. Sablet. Très-belle ép. avant la lettre.

201 — Eglogues de Virgile. 10 p., d'ap. Huet et Fragonard.

202 **Corneille** (d'ap. Michel). Paul et Barnabé refusant de sacrifier aux idoles; La Visitation. 2 p.

203 **Cosway** (d'ap.). Abellard et Héloïse, par Smith.

204 **Courtin** (d'ap.). L'Amour médecin, par Mathey. Très-belle ép.

205 **Coypel** (d'ap. A.). Cupidon vient au secours de Psychée; Allégories de la Vérité. 3 p.

206 — (d'ap. Ch.). Persée délivre Andromède; Thalie chassée par la Peinture; Jeux d'enfants. 3 p.

207 — (d'ap. Ch.). Sujets de don Quichotte. 7 p.

208 **Darcis**. Le Départ; le Retour d'ap. Isabey. 2. p.

209 **Debucourt**. Route de Naples; de Saint-Coud; le Joueur de cornemuse; les Joueurs de boules. 4 p. d'ap. C. Vernet.

210 **Delatre** (Aug.). Imprimeur. Eaux-fortes composées, gravées et imprimées par lui. 19 p.

ubinet [illegible]

[illegible]

[illegible]

Ed. Fleury i[illegible]

E. Fleury

Labrouste 2 5[illegible]

211 **Delaunay**. D'ap. Eisen, Moreau, etc. 13 vignettes pour Roland Furieux. Très-belles, toute marge.

212 — La Partie de plaisir d'ap. Weenix. Superbe ép., toute marge.

213 **Depeuille** (chez). Le Jeu de la balançoire. Belle ép., marge.

214 **Descamps** (d'ap.). Le Négociant, par Lebas. Très-belle ép., marge,

215 **Dickinson**. Jolies dames en buste d'ap. Nixon et Peters. Superbe ép. Avant la lettre, toute marge.

216 **Dorigny** (Michel). Composition d'ap. S. Vouet etc. 10 p.

217 **Duflos** (Claude). Le Triomphe d'Amphitrite; le Triomphe de Galathé. Très-belles cascades sur les bords du Tibre. 3 p.

218 **Duménil** (d'ap.) Le Supot de Bacchus, par Basan. Belle ép., grande marge.

219 — Le Déjeûner de l'enfant, par Claire Tournay. Belle ép., grande marge.

220 — Le Chantre à table, par Dupuis.

221 **Dunouy**. Paysages à l'eau forte. 28 p.

222 **Duplessis**. Triomphe de Voltaire. Grand in-fol.

223 **Duplessis-Bertaux**. Fête à la vieillesse d'ap. Wille fils, 1794. Belle eau-forte. Grand in-fol.

224 **Duquesnoy** (Mlle). Étude de paysanne d'ap. Boucher, rare.

225 **Earlom**. Le Concert d'oiseaux, d'ap. Mario di Fiori. Belle ép.

226 — Entrée de la Sorcière aux enfers, d'ap. Teniers. Belle p. en manière noire.

227 **Edelinck** (J.). Les Bains d'Apollon, d'ap. Girardon.

228 **Eginton**. Hébé d'ap. Hamilton. Belle ép.

229 **Eisen** (C. d'ap.). La Vertu sous la garde de la Fidélité; Les Désirs satisfaits. 2. p.

230 — La Cuisinière charitable; la Vieille de belle humeur. 2 p. très belles, toute marge.

231 — Les Villageois; le Petit donneur d'avis; la double fécondité. 3. p. belles avec marge.

232 — La Dame de charité, par Voyez l'aîné, en 1773. Belle ép., marge.

233 **Favanne** (de). Deux compositions de Télémaque. Toute marge.

234 **Foulquier.** La mort de sainte Monique, pièce capitale du maître.

235 — Charges, groupes de têtes, caricatures. 4 p. curieuses.

236 **Fragonard.** Compositions d'ap. les maîtres. 13 p., eaux-fortes originales.

237 — L'Armoire, pièce capitale du maître. Belle ép.

238 — (d'ap) Leverrou; la famille du Fermier; le baiser à la dérobée, etc. 4 p.

239 — La Fontaine d'amour; le Songe d'amour. 2 belles p., par Regnault.

240 — (Et Mlle Gérard). L'Enfant chéri, par Vidal.

241 **Freudeberg** (d'ap.). La Complaisance maternelle, par Delaunay. Très-belle ép.

242 — Lison dormait, par Trière. Belle ép.

243 — Le Lever, par Romanet.

[illegible]

[illegible] 8.

[illegible] Tubon Tubon

Labourer 3. ~~[illegible]~~

[illegible]

Watch

Labourer 3. [illegible] 2

~~[illegible]~~

244 — La Promenade du matin, par Lingée.

245 — Le Boudoir, par Maleuvre.

246 — L'Occupation, par Lingée.

247 — L'Événement au bal, par Duclos et Ingouf.

248 — La Confidence, par Lingée. Ces pièces sont très-curieuses pour les costumes.

249 **Gérard** (d'ap. et autres). Grandes vignettes pour Racine. Ép· avant la lettre. 6 p.

250 **Gérard** (Mlle). Le Petit Espagnol. par Miger. Très-belle ép., marge.

251 **Girardet**. Assemblées des notables; Lit de justice; Arrestation de Depremenil; Attroupements Faub.-Saint-Antoine. 4 p. avant la lettre, toute marge.

252 **Grangeret** (d'ap.). La Chute de Nanette; l'Essai du bain. 2 p. ovales, par Martin.

253 — Le Réveil tardif, Nymphes surprises par des Satyres, par de Monchy. Belle ép., grande marge.

254 **Greuze** (d'ap.). La Philosophie endormie. Cette belle pièce, portrait en pied de Mme Greuze, est attribuée à Greuze ou à Fragonard. *Aliamet direxit.*

255 — La Visite à la nourrice. Grand et beau fac simile rehaussé de bistre, très-rare (probablement par Watelet).

256 — La Frileuse, par Moitte. Superbe ép., toute marge.

257 — L'Éducation d'un jeune Savoyard, par Aliamet. Très-belle ép., marge.

258 — La Voluptueuse, par Gaillard. Marge.

259 — Annette, par Binet; Lubin, avant toute lettre. 2 p., toute marge.

260 — La Mère en couroux ; le Repentir. 2 p., par Moitte.

261 — La Belle-mère, par Levasseur ; Lecture de la Bible, par Martenasie. 2 p.

262 — Têtes de différents caractères, par Ingouf. 7 p.

263 — Savoyard et Savoyarde. 3 p., par Moitte, toute marge.

264 — L'Enfant gâté, par Maleuvre ; Tête à la sanguine, par Janinet. 2 p.

265 — Costumes d'Italie. 15 p., par Moitte.

266 **Grevedon.** Héroïnes, Actrices célèbres. 30 jolis portraits de femmes. In-fol. lithog.

267 **Guttemberg.** Guillaume Tell. d'ap. Fuessly. Belle ép.

268 — Joseph II, sa statue sur une place publique où l'on voit la sortie des couvents de moines et nonnes. Très-belle p., grand in-fol., toute marge.

269 **Halbou.** Le Messager fidèle, d'ap. Lallie.

270 **Hallé.** Le Pauvre dans son réduit, par Patour.

271 **Helman,** 1783 à 85, Batailles et cérémonies de réception des Chinois. 17 p.

272 **Hilair** (d'ap). L'Esclave heureux, par Mathieu.

273 **Houasse** (d'ap.). Les Balanceurs.

274 **Huck** (Gerbard) The Nursing of Jupiter, d'ap. Cignani.

275 **Huret** (G.). Reginœ pacis sacrum ; la Reine de paix. Belle p.

276 **Jean-Cousin** (d'ap.). Jugement universel. 11 p.

n.. 6

stant 3.

Labonne 2

Milzenne

277 **Jeaurat**. Costumes de dames de Rome. 5 p.

278 — (d'ap.). L'Opérateur Barri, par Balechou. Belle pièce avec dix vers amusants.

279 **Jourdheuil**. Le Devin du village, d'ap. Briard.

280 **Kraus**. La Chaufferette, par Levasseur.

281 **Lajoue**. Terrasse de parc. 2 p., par Huquier.

282 — Colonne, autel, fontaine. 4 p. avant toute lettre.

283 **Lancret**. Le Matin ; le Midi ; l'Après dînée ; la Soirée. 4 p., par de Larmessin.

284 — Les Éléments. 4 p. en hauteur.

285 — Les Troqueurs ; On ne s'avise jamais de tout ; A femme avare. 3 p.; Contes de Lafontaine.

286 — L'Enfance ; L'adolescence. 2 p.

287 **Lavreince** (d'ap.). L'Assemblée au salon ; l'Assemblée au concert. 2. p., par Dequevauvilliers. Très-jolies compositions d'intérieur et costumes.

288 — La Balançoire mystérieuse, avant la lettre, par Vidal. Premier état, avant le flot, marge.

289 — Qu'en dit l'abbé ? par Delaunay.

290 — Les Offres séduisantes, avant la lettre.

291 — L'Innocence en danger, par Caquet.

292 — Le Retour trop précipité, par Pierron.

293 — L'Heureux moment, par Delaunay.

294 **Le Beau**. Le Verrou ; la Suite du Verrou. 2 p.

295 **Le Brun** (d'ap. C.). Histoire de Meleagre. 5 p.

296 — Arc de triomphe de la place Dauphine, par Chauveau ; Alexandre ayant passé le Granique ; Assomption de la Vierge ; Plafonds ; l'Allemagne etc. 6 p.

297 **Le Brun** (d'ap.). Le Repas du matin; la Toilette du midi; la Recréation du soir; le Divertissement de la nuit. 4 jolies pièces, par Dambrun, toute marge.

298 — La Liberté perdue ou l'Amour couronné, par Dambrun, toute marge.

299 — L'Intrigue découverte ; — La Sultane infidèle. 2 p. Très-belles, toutes marges.

300 **Le Clerc**. Apothéose d'Isis; Allégorie du mariage du duc de Bourgogne; Académie des Sciences ; Entrée d'Alexandre, etc. 6 p., par et d'ap.

301 **Leclerc** (d'ap.). Réjouissance pour le retour de l'enfant prodigue, par Bazin.

302 **Le Moine** (d'ap.). Hercule et Omphale; l'Aurore et Céphale; l'Enlèvement d'Europe; Anonciation, etc. 5 p.

303 **Le Pautre.** Titre le Neptune français, d'après Berain. Belle pièce avec marge.

304 **Le Peintre.** La Tricherie reconnue; le Danger de la bascule. 2 p., par de Monchy, avec les premiers costumes qui ont été changés.

305 **Le Prince.** Le Coche d'eau; Marchands de gâteaux, de Poulets; la Lettre envoyée; Chefs kalmoucks au bivouac. 5. p.

306 **Lerpinière.** Italian ruins. 2 très-beaux paysages, d'ap. Taylor. Sup. ép. toute marge.

307 **Le Sueur** (d'ap.). Phaéton demandant la conduite du char du Soleil, par Dupuis.

308 **Marot** (Jean). Arc de triomphe du Marché-Neuf.

[illegible] 20

Labrousse 3 [illegible]

[illegible] Labrousse 2

[illegible]

[illegible] 10

309 **Masquelier**. Les Vœux du peuple confirmés par la Religion ; les Garants de la félicité publique. 2 p.

310 **Mathieu.** Pélerinage à Saint-Nicolas, d'après Delaunay de Bayeux.

311 **Mellan.** Tête de Christ ; Titre de la Bible; Saints et autres sujets ; les Satyres, etc. 11 p.

312 **Mignard** (d'ap.). La Jalousie et la Discorde. — La Peste d'Éaque. — Le Printemps. — L'Été. 4 p.

313 **Moitte** (d'ap.). Sujets grecs et romains, bas-reliefs. 5 p. gravées par Janinet.

314 **Moreau** le jeune. (d'ap.). Dernières paroles de J.-J. Rousseau. — Son Arrivée aux Champs-Élysées. — Tullie. — Couronnement de Lafontaine par Esope. 4 p.

315 — La Peinture. — La Gravure et Allégories. 4 p.

316 **Moreau** l'aîné. — Le Villageois entreprenant. — On y court plus d'un danger. 2 p. par Patas, belles ép. coloriées.

317 **Northcote** (d'ap.). The Loss of the Halsewell east Indiaman, par Wilkinson.

318 **Oudry**. Le Serrail du Doguin. — La Chienne braque et sa famille. — Le Chevreuil. — Arrivée des Comédiens. 4 p. par et d'après.

319 **Patas.** La Curieuse. — L'Honnête Fripon. 2 petites p.

320 **Pelletier.** Le Berger. Belle ép. Toute marge.

321 **Perelle.** Paysages. 50 p.

322 **Perrot** et **Froger.** Château d'Henri IV et de Biron. 21 p. lithog. blanc et chine.

323 **Pierre** (d'ap.). Saint François. — Saint Nicolas. — Sacrificium in honore panos. — Harmonia et ses assassins. 5 p.

324 **Pillement.** Panneau arabesque chinois. Très-beau.

325 — Soleil Couchant. —La Grange et Paysages. 4 p.

326 **Pinaut.** Disgrâce de Gabrielle. — Retour de Henri IV vers Gabrielle. 2 p. d'ap. Chevau.

327 **Porporati.** La Mort d'Abel. — Agar renvoyée par Abraham. 2 belles pièces avant la lettre.

328 **Potrelle** (d'ap. David). L'Amour et Psyché. Lettre grise.

329 **Poussin** (d'ap.). Les sept sacrements. Grand in-8 gravé par Beyer. ép. sur chine. 7 p.

330 — Sujets de la Passion, Bacchanales, etc.; Esther, le Calvaire, etc. 11 p.

331 — Phaéton demande la conduite du char du soleil. Superbe ép. par Nicolas Perrelle.

332 **Preisler.** Combat de cavalerie. d'ap. Parrocel. Très-belle ép. avant la lettre.

333 **Prudhon** (d'ap.). L'Amour réduit à la raison. Avant la lettre. — Cérès et Stelion. 2 p.

334 **Queverdo.** 8 Belles vignettes in-4 pour la Henriade. Toute marge.

335 **Raffet** 1826. Histoire de Napoléon. 20 p. lithographiées. Petit in-f°, rares, Toute marge.

336 **Ramberg** (d'ap.). The Sailors farewell. — The Soldiers return. 2 p. Manière noire.

337 **Raoux.** Oiseau pour t'échapper des mains de cette belle; par Dupuis. Deux Dames chantant; par Beauvarlet. 2 p.

[illegible]

[illegible]

[illegible] 3.

[illegible] 4.

[illegible]

[illegible]

[illegible] 4.

[illegible] [illegible] [illegible] 7. 50 B. 25. [illegible] 8

[illegible] 6

[illegible]

[illegible] 9

338 **Schenau**. L'Origine de la peinture. — La Lanterne magique. 2 p. par Ouvrier.

339 — Les Intrigues amoureuses. — L'Heureux Retour. 2 p.

340 — Les premiers Pas de l'Enfance. — La Mère qui intercède. — Le Retour désiré. 3 p.

341 **Schiavonetti**. Louis XVI à la Convention, Séparation de la famille, Exécution; Sortie de la Bastille. 5 p.

342 **Schmitd**. Son Portrait, dessinant. Belle ép.

343 — Jeune Homme à toque ornée de plumes et la Jeune Fille au mopse. 2 belles p., d'ap. Flinck.

344 — L'Automne, groupe de trois enfants, d'après F. Flamand.

345 **Silvestre**. Costumes turcs. 2 p. très-belles.

346 **Stephanus**. Loth et ses Filles. — Six sujets ronds relatifs à Henri II et Diane de Poitier, Chasse, etc. 10 p. très-belles.

347 **Strange**. Cupido. d'ap. Schidone. Très-belle ép.

348 — L'Enfant Jésus endormi. d'ap. Van Dyck. Très-belle ép avant toute lettre.

349 **Trinquesse** L'Irrésolution ou la Confidence. Belle ép. par Pierron.

350 **Troost** (d'ap.). La Fausse Vertu découverte. Ép. avant toute lettre. Marge.

351 **Vanloo** (d'ap.). La Sculpture. — La Musique. 2 p.

352 — La Confidence. — Conversation espagnole. 2 p. par Beauvarlet. — Sainte Geneviève. — Combat de cavalerie. 4 p.

353 — Jupiter et Antiope, par Fessard. Belle ép.

354 — Tancrède, Herminie, Mars et Vénus, etc. 6 p.

355 **Vernet** (d'ap. Joseph). A Calm. — A Storm. 2 marines, par Lerpinière.

356 — Le Calme, Naufrage, Incendie d'un port, etc. 10 p.

357 **Vien**. L'Arrivée à la cuve (6), le Pressoir (7). 2 très-belles eaux-fortes. Voir Baudicourt.

358 **Vivares** et autres. 3 Paysages anglais.

359 **Vleughels** (d'ap.). Les Quatre Saisons; par Jeaurat.

360 **Watteau** (d'ap.). Bon Voyage. — L'Aventurière. — L'Enchanteur. 3 p. par Audran. Très-belles ép.

361 — La Joie du Théâtre. — Le Malade imaginaire. — Armée en marche. — Têtes par Fillœul. — Les Singes de Mars, etc. 8 p.

362 — Les Délassements de la guerre. — Les Fatigues de la guerre. 2 p. très-belles. Grandes marges.

363 — Les Quatre Saisons en travers. 4 p.

364 — L'Heureux Loisir; par Audran.

365 — L'Ile enchantée; par Lebas. Très-belle ép. Marge.

366 — Les Plaisirs du Bal; par Scotin. Grande et belle.

367 — Signature du Contrat de la noce de village, par Cardon. Grande et belle.

368 **Watteau** de Lille (d'ap.). Costume de petit maître au Palais-Royal. — Entrée de M. Blanchard et Lépinard à Lille. 2 p.

369 **Wille**. Petit Physicien, Bonne Femme, Liseuse, Dévideuse, Tricoteuse, les Soins et Délices maternels, Mort de Marc-Antoine, etc. 15 p.

370 **Wille** fils (d'ap.). Petit Vauxhal. — La Cuisinière allemande, et Groupes de têtes. 4 p.

10.

[illegible] 8 50

Philippot 15 Vidal 20

Philippot 10. [illegible] 3 Vidal 12.

combinés.

PORTRAITS & SUJETS

GRAVÉS EN COULEUR

371 **Alix.** Helvétius, Montaigne, Rousseau, 3 portraits sans marge ; et Gabrielle d'Estrées ? Anonyme avant toute lettre. 4 p.

372 — Marat (d'ap. Garneray). Très-belle ép.

373 — Michu de l'Opéra-Comique. Au bas deux scènes.

374 **Bartolozzi** et autres. Sujets en couleur et sanguine, etc. 15 p.

375 **Benazeth.** Le Couronnement de la Rosière. — Le Prix de l'Agriculture. 2 p. en couleur.

376 **Bleuler** et autres. Chute du Rhin à Schaffouse, Vues de Jardins et de Villas, etc. 8 p. en couleur.

377 **Bonnet.** L'Enlèvement d'Europe. — La Double Surprise. — Vénus caressée par l'Amour. — l'Amour corrigé par Venus. 4 jolies petites pièces. Sanguine.

378 — L'Amant écouté. Belle ép. en couleur.

379 — Jeune Dame faisant danser son chien. — Autre jouant avec son oiseau et son chat. 2 p. en couleur.

380 — La Bascule. — Offrande à Vénus. — Vénus à sa toilette. 3 p. en couleur.

381 — Le Bain. — La Toilette. 2 p. en couleur, d'ap. Jolain.

382 — Fac simile aux trois crayons et sanguine, d'ap. Boucher. 2 p.

383 **Boucher** (d'ap.). Scènes maternelles, Enfants, Laveuses, Paysages, etc. 11 p. Sanguine et aux trois crayons.

384 **Bawles** Spring. Le Printemps, en couleur. Joli Costume.

385 **Debucourt.** (d'ap. Vernet). Costumes anglais et autres militaires étrangers. 8 p. en couleur.

386 **Demarteau.** Vénus demi-couchée sur un lit et couronnée par l'Amour. Superbe fac simile, d'ap. Boucher. Aux trois crayons du portefeuille de M. Nera.

387 — Le Petit Marchand de gâteaux. Du même.

388 **Demarteau** et autres. Têtes et Sujets à la sanguine et aux trois crayons, d'ap. Boucher, etc. 20 p.

389 **François.** Érasme. — Nicole. 2 portr. in-fol. Fac simile de dessin sanguine.

390 **Guyot** et autres. Vues de la nouvelle barrière du chemin de St-Denis, Intérieur de l'Ecole de Chirurgie, Maison de M. de Monville, de Colange, Collége des Quatre-Nations. 5 p rondes en couleur.

391 **Janinet.** Mlle du T. assise à mi-corps, ovale en noir. *Rare.*

392 — Henri IV. — Sully, par Frieselhem. 2 portraits ovales in-fol. en couleur.

393 — Liberté. — Égalité. 2 figures, d'ap. Moitte, en noir.

394 — L'Indiscrètion. Jolie p. en couleur, d'ap. Lavreince. Sans marge.

395 — Jupiter et Io. — Enfant effrayé par un Chien. — Dames en promenade. 3 p. en couleur.

…lippot 6.

…ier 10 au lieu de 10 …

…is Dubois seule

Watahe

Latil 10. Golib. 7

Lung 3

396 **Leclerc, 1782.** Caprices et Pensées de divers genres, dédiés à M. Watelet de l'Académie Française, etc. 11 p. à la sanguine, tirées des 4 différents cahiers, terminés par Janinet.

397 **Le Prince** (d'ap.). La Lettre, Amusements de la solitude. 2 p. en couleur.

398 **Massol.** Charlotte Corday, au bas, l'assassinat. Superbe ép. in-4, en couleur. Toute marge.

399 **Picot.** Léda. Superbe ép. sanguine. Toute marge.

400 **Divers.** Têtes et Compositions à la sanguine et en couleur. 20 p.

401 Sous ce numéro, seront vendus, à la fin de chaque vacation, certain nombre de lots non catalogués.

Renou et Maulde, Imprimeurs de la Compagnie des Commissaires-Priseurs, 144, rue de Rivoli. 9154

4	animaux	1	
45	Dujardin	4	
9	animaux	2	
6	Tulden J. Romain	2	25
5	Couleur	3	
5	Costumes etc	1	50
6	divers	1	
0	Bloemaert	1	
3	Galle Floris	2	50
2	petits maîtres	2	75
2	ostade Remb... Dietricy Watteau	3	50
	Italie	1	
	Italie	3	25
2	Divers Vig	6	—
0	Religieux	1	50
0	Graveurs	5	
0	E. Française	3	50
0	E. Flamande	1	50
0	lithog. et Souvenir	1	25
4	Lepautre	1	
	Photographie	3	50
0	paysages	1	
		53	00

	Report	53	
14	Historiques	1	25
20	divers	3	
16	Costumes Gal. royale	6	
22	paysages	1	
21	Modernes	2	50
12	Salvator etc	1	
20	angl. et allem...	2	
23	E. Françaises	3	
	201, 202, 264, 128 — 10, 2, 2, 2 = 16 — 148, 32, 73 — 16, 1, 2, 11 = 30	2	25
	72, 144 2p., 175, 184, 270, 275, 240. 8p.	2	50
		77	50

30 2

5

12

9

Delon. 8 lots 16.50 – 13/.

22 Fevrier 1862.

155

Monsieur Lelogeais

50 40	90	pieces Furne et autres	1
	60	pieces	2
	53	Chromo Saints	2
25 30	55	Modes enfans, Militaires	2
	90	Bois et vente Hugo	3
	73	Batailles Lefuel	1
	30	Modes de Cour	2
	33	Modes diverses	1
			16
		frais	3
			f. 13

Aprouve Lecriture
ci Dessus et recu
le montant de la note
13. fr Lelogeais fils

www.ingramcontent.com/pod-product-compliance
Ingram Content Group UK Ltd.
Pitfield, Milton Keynes, MK11 3LW, UK
UKHW020952180726
13838UKWH00003B/1273

9 782329 35232